혜림 쌤의
그림일기

혜림 쌤의
그림일기

글 · 그림 **최혜림**

soyolou

책을 내면서

내가 모르던 무언가를 알아간다는 것은 기쁨입니다.

누구나 그럴 겁니다.

아~~ 나도 이걸 해낼 수 있구나! 나에게도 이런 능력이 있었네!

이렇게 자신을 확장해 나가는 과정 그것이 삶이지요.

누구나 몰입의 시간을 거치면

자신이 하고 싶었던 것을 할 수 있게 됩니다.

너무 높은 꿈이 아니라면 조금의 노력만으로도

작은 기쁨을 누릴 수 있고

그 작은 기쁨이 쌓여 큰 기쁨이 되기도 합니다.

이 그림책의 내용은 특별하지 않습니다.

누구에게나 일어날 수 있는 소소한 일,

제 삶의 흔적을 펜과 색연필로 표현했을 뿐입니다.

그럼에도 여러분들의 마음과 만나 꽃 필 수 있기를

바라며 엮었습니다.

잠시 일상의 번잡함을 내려놓고

편안히 쉬어가는 시간 되기를 바랍니다.

개와 고양이 같은 동물은 외부 정보의 많은 부분을 청각과 후각에 의지한답니다. 얼핏 우리 사람들보다 더 멀리 보고 더 자세하게 보는 것 같지만 그보다는 소리와 냄새를 통해서 더 많은 걸 알아낸다는 거지요.

반면 사람은 상대적으로 냄새와 소리보다는 보는 것으로 더 많은 것을 알아내는 거의 유일한 동물이라고 합니다. 과학자들 말로는 인간이 받아들이는 외부 정보 중 70% 이상을 시각 정보에 의지한다고 하네요.

가령 해 지는 노을을 바라보며 어떤 감상(=감정)에 빠지거나 반짇고리에 있는 낡은 가위를 보고 돌아가신 할머니를 생각하는 등 보는 것과 관련된 사건이나 추억을 떠올리곤 합니다. 그 외에도 모르는 물건이 있으면 이 물건의 생김새와 특징을 유추해서 무엇에 쓰는 물건인지 호기심을 가지고 생각해 봅니다.

이처럼 보는 것은 곧 생각을 시작하게 하는 스위치와 같아서 사람들은 끊임없이 눈을 움직이고 새로운 것을 찾아냅니다.

본다는 것은 곧 생각하는 것이라고 할 수 있습니다. 그러니 그림을 그린다는 것은 우리 생각의 원초를 제공하는 시각 정보를 언어화하는 것입니다.

혜림 쌤의 그림을 보면 그런 점이 명확하게 드러납니다. 가령 쌤의 그림 중에 '약사의 조언' 편을 보면 약국에서 타 온 약봉지를 그려놓고 근래 무리해서 걸린 구내염으로 인한 걱정과 약사의 조언을 털어놓기도 하고, '이별 선물'이란 그림에서는 20년 가까이 알고 지낸 이새 사장님이 이별 선물로 준 예쁜 꽃무늬 양산을 정성껏 그려서 막역한 관계를 되새기는 장면을 보여주기도 합니다.

이렇게 한 페이지 한 페이지를 넘기다 보면 혜림 쌤이 어떻게 하루를 보냈는지, 어떤 생각으로 하루의 일을 지냈는지 일기장을 들여다보듯, 아니 일기장보다 더 구체적으로 알 수 있습니다. 글이 평면적이라면, 그림은 더 입체적이고 만져질 듯 실감 나게 상황을 전달해 줍니다.

쌤의 그림 중에 '도토리 삼 형제'가 딱 그러합니다. 자주 산책하는 곰내재 숲길에서 주운 '잘생긴' 도토리 세 알을 그리면서 다람쥐의 식량을 걱정합니다만, 제 눈에는 책에 그려진 도토리 세 알이 방금 제 호주머니에서 꺼낸 양 생생하게 느껴집니다.

또한, 혜림 쌤의 그림은 유쾌하고 선명합니다. 말하려고 하는 바를 그림으로 분명하게 드러내어 직관적으로 감정까지 읽을 수 있으니 함께 쓰인 글은 마치 명창과 조응하는 고수처럼 적절한 추임새로 맞춤한 것 같습니다. 백 마디 말보다 딱 보기만 해도 알아차릴 수 있는 느낌, 뭔지 아시죠?

이 책을 읽으시는 분은 무슨 말인지 바로 공감하실 겁니다. 게다가 볼수록 절로 마음이 따뜻해지는 시선과 때때로 상황이 공감되고 우리에게 위로가 되는 그림들도 혜림쌤이 아니라면 줄 수 없는 감동일 겁니다.

오로지 내 생각이겠지만 문자 중심의 시대에, 가끔은 글의 권력에 짓눌려 가슴이 답답할 때가 있습니다. 그래서 문자 지향의 사람들에게 거부감이 들 때가 없잖아 있는데 혜림 쌤의 책을 보면서 그런 억압에서 조금은 벗어날 수 있을 것 같습니다. 그래서 읽을수록 더 후련해집니다.

오래전 인류의 조상들이 동굴에 그림을 그리고 토기에 그림을 그린 원초적 언어들이 이 책에 가득합니다. 축약되고 또 축약되어 왜소해진 언어가 아니라, 우주 비행사가 먹는 우주 식량이 아닌 날 것을 지지고 굽고, 삶고 요리해서 잘 차려진 음식을 먹는 것과 같습니다.

마지막으로 혜림 쌤의 그림이 좋은 이유 중 꼭 말해야 하는 한 가지가 더 있습니다. 그건 쌤의 그림이 화가들의 그것과 달리 우리 누구나 읽을 수 있고 그릴 수 있을 것 같은 친근하고 쉬운 언어로 그려졌다는 것입니다.

그림은 종종 예술이라는 관을 쓰고 우리에게 위압적이거나 차별적으로 설 경우가 많습니다. 우리는 그 앞에서 자주 주눅이 들어 고개를 숙이거나 외면합니다.

그런데 혜림 쌤 그림은 그렇지 않습니다. 오히려 어린아이 그림처럼 순전하고 누구나 읽고 이해하기 쉽습니다. 무엇보다 나도 그릴 수 있겠다는 자신감을 불러일으킵니다.

누구나 글을 쓸 수 있는 것처럼 누구나 그림을 그려서 이렇게 자신의 생각을 나타낼 수 있다면 얼마나 좋을까요? 학교에서도 이런 것을 배워서 일기를 쓰거나 편지를 보낼 때 아무렇지도 않게 그림을 그려서 보낼 수 있다면 우리는 얼마나 더 행복해질까요? 예술은 그다음 과제로 따라오면 될 테고요.

아무튼, 이 책을 보면서 여러 즐거운 감정과 생각들이 두루 느껴져 글이 길어졌습니다. 무엇보다 이런 그림을 오래 그리면서 혜림 쌤이 오래도록 행복했으면 좋겠습니다,
이 책을 보는 많은 사람들도 그랬으면 좋겠습니다.

그리고 혹 용기를 내어 공책을 펼치고 펜을 잡고 그림을 그려보시는 분들이 한 분이라도 늘었으면 좋겠습니다. 그럼 혜림 쌤도 그분들과 함께 행복을 이야기하며 즐거워하겠지요.
축하해요, 혜림 쌤

화가 **심수환**

차 례

책을 내면서 • 5

일상에서

오늘 뭐하고 싶어? • 14/ 소품들 • 15/ 선풍기 • 16/ 여동생과 경주여행 • 18/ 핵오염수 방류한 날 • 22/ 목단 자수보자기 • 24/ 철마 옥수수 • 26/ 공짜가 어딨냐 • 28/ 소나무 • 29/ 선인장 군락 • 30/ 예쁜 손가방 • 31/ 우연을 즐기다 • 32/ 부끄러움 • 34/ 예쁜 걸 어쩌겠어 • 35/ 맛있다! 사과 • 36/ 100% 사과쨈 • 37/ 노전암 • 38/ 동행 • 39/ 신아의 선물 • 40/ 부주의 or 나이듦 • 41/ 다시 옷장 속으로 • 42/ 서울의 봄 • 44/ 오늘도 한 발 • 46/ 그림은 명상 • 47/ 약사의 조언 • 48/ 신성한 경제학의 시대 • 50/ 삶을 담은 책들 • 51/ 쌈채소 • 52/ 작은 크리스마스 트리 • 53/ 아들로부터 받은 선물 • 54/ 산소 이장하는 날 • 56/ 작은 것이 아름답다 • 58/ 도자기 필통 • 60/ 손잡고 더불어 • 61/ 남원 부채_62/ 이별 선물 • 63/ 실내용 슬리퍼 • 64/ 진하 바닷가에 바람이 분다 • 66/ 기린초 • 68/ 사이좋게 지낼 수 있겠지? • 69/ 내친구 김지숙 • 70/ 둘만 먹으니 기분 좋아? • 71/ 목욕탕 전구 • 72/ 개수대에서 자란 콩 • 73/ 늘 덕분에 • 74/ 춤추는 해바라기 • 75

숲을 걷다

숲 산책 • 78/ 태풍 잔해 • 80/ 칸나 • 82/ 마른 풀의 노래 • 84/ 도토리 삼형제 • 85/ 겨울산 • 86/ 아파트 화단에 핀 매화 • 88/ 우수 • 90/ 이게 봄이지! • 92

부산온배움터에서 배우고 즐기다

부산온배움터 • 96/ 손수건 보자기 • 98/ 연둣빛 작은 손가방 • 99/ 산야초 수업 • 100/ 겨울눈 • 102/ 나뭇가지 차 • 103/ 씨앗 강정 • 104/ 김장김치 • 105/ 초록빛 캐비넷 • 106/ 꼬마 빗자루 삼형제 • 107/ 토종벼 • 108/ 이달의 시 • 109/ 익어가는 된장, 간장 • 110/ 혹시 요즘 유행? • 112

나의 쉼터, 카페

내가 좋아하는 곳, 카페 • 116/ 떨어지는 빗물 • 118/ 풍경 의자 • 119/ 투명한 가을 햇살 • 120/ 사이좋게 나란히 • 121/ 커피생각 사장님 최고!! • 122/ 우정의 시간 • 124/ 카페의 밤하늘 • 126/ 햇빛 쨍한 날 • 127/ 시간의 질 • 128/ 관계의 최고 형태 • 130/ 풍경 떡국 • 132/ 해바라기 하는 꽃 • 133/ 기분 좋은 날 • 134/ 하늘 향해 두팔 벌려 • 135/ 신혜련 윤미애 선생님 • 136/ 잘 익은 앵두 • 137/ 긴 병과 마른 꽃 • 138/ 유리 선인장 • 139/ 즐거운 월요일 • 140/ 오늘도 어김없이 • 141

새롭게 피어나다

한 치 앞을 알 수 없는 인생 • 144/ 그림수업 시작 • 146/ 귤과 히말라야아시다 솔 방울 • 148/ 함께 살아봐도 괜찮아 • 149/ 자세히 보아야 예쁘다 • 150/ 청다래 덩 쿨 • 151/ 그리기 힘들어 • 152/ 올리브오의 풍경 • 153/ 모이면 빛난다 • 154/ 다 양한 커피용품 • 155/ 자신의 모습대로 • 156/ 비록 눈에 안띄지만 • 157/ 마른 풀 의 노래 2 • 158/ 봄날 • 159/ 첫 번째 전시회 • 160/ 초록초록 올리브오 · 162/ 수 박 주스 • 164/ 강아지풀은 잡초? • 166/ 사랑스러운 한겸이 • 167

함께 피어나다

저도 가능합니까? • 170/ 올리브오1 팀 • 172/ 온배움터 팀 • 180/ 온배움터 특강 팀 • 188/ 풍경팀 • 190/ 올리브오2 팀 • 193/ 정관 팀 • 198

옛 추억을 담다

추억 한 조각 • 202/ 볕 좋은 날 외 18편

나가면서 • 222

일상에서

오늘 뭐하고 싶어?

퇴직 후 그 어떤 책임도 없이 지내는 시간이 편안합니다.

무한한 가능성이 내 앞에 있으니까요.

먼동이 트는 아침, 내가 나에게 묻습니다. 너 오늘 뭐 하고 싶어?

그리곤 그때 떠오르는 대로 하루를 보냈습니다.

동해안 드라이브를 하기도 하고, 먼 곳 친구를 만나러 가기도 했습니다.

멋진 카페를 찾아다니고, 벚꽃 흐드러진 길을 오가기도 했지요.

친한 친구와 밥 먹고 같이 걸으며 노래도 불렀습니다.

그렇게 1년이 지난 후, 바쁠 때는 잊고 지냈던 것을 찾았습니다.

심심하여 다시 시작한 펜드로잉.

매일 나에게 일어나는 일, 그때 떠오른 생각들,

보이는 것에 생각을 얹어 그림과 글로 기록하기 시작했습니다.

그저 스쳐 지나갈 일을 그렸기에 별것 아니지만

그래도 나의 삶의 기록이기에 볼 때마다

새록새록 그 순간이 떠올라 미소 짓습니다.

소품들

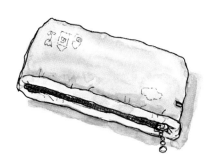

매일 가지고 다니는
소품 몇개 그려보았다.

2023. 11. 31.

선풍기

많은 준비를 했지만, 퇴직 후 힘든 시간이 많았습니다.
부유하는 시간을 어떻게 잡아 땅에 뿌리 내리게 할 수 있을까
매일매일 고민했습니다.

긴 기간은 아니었지만
이 시간을 통해 평생 일만 하던 가장들이
퇴직 후 얼마나 힘들지 어렴풋하게나마 알게 되었습니다.

심심해서 그린 선풍기입니다.

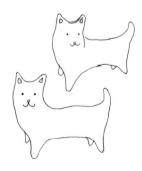

올여름
절대적인
도움을 주는
선풍기

살 때 비싸다고
투덜거렸는데
역시 비싼게
좋긴하다ㅆ
절대무음!!
(소리 1도 안남)
2023. 8. 4.

여동생과 경주여행

둘 다 살기 바빠 가끔 연락하며 지내던 여동생이 있습니다.

(요즘은 자주 연락하고 지냅니다.^^)

나이 차도 많고, 동생이 결혼해서 외국에 살았기에 뜸하게 지냈습니다.

나이가 드니 주변에 자매끼리 친하게 지내며

여행도 다니는 것이 부러웠습니다.

이번 여름 잠시 한국에 들른 여동생 부부,

바쁘다는 것을 시간 내라고 졸라서 경주로 여행을 다녀왔습니다.

하룻밤을 한옥에서 보내며 경주의 여러 곳을 둘러보았습니다.

여동생도 좋았다고 했지만, 저도 참 좋았습니다.

함께하는 시간이 길수록 정도 깊어가는 것을 느낍니다.

담장 밑
자그마한 물웅덩이에
연잎이 바람에
흔들린다.
한폭의 그림이다!!
기분좋은 아침.

경주 한옥에서
2023. 8. 8.

아침 햇살에 빛나는
나무와 새와 돌절구

경주 큰옥에서
2023. 8. 8.

＊나무는 은목서

20

올해 여름. 여동생 부부와 경주여행
— 한옥스테이 '아양갤러리'의 화가체험
2023. 8. 8.

핵오염수 방류한 날

2023년 8월 24일 오후 1시
오래오래 기억될 인류 대참사의 날.
후쿠시마 핵오염수 방류 시작 ㅠㅠ
아… 어찌할까.
앞으로 어떤 재앙이 일어날지….
후손들이 무얼 먹고 어떻게 살아갈지….
조금도 고민하지 않는 일본과 이 나라 정부
그리고 늘 있는 어리석은 추종자들.

자신이 무슨 일을 저지르는지도 모르는
모든 것을 오로지 돈으로 환치시키는
빈곤한 사람들의 이 행태가
이 지구의 생명체들에게 참혹한 일을
저지르고 말았습니다.
결국 자신들에게 돌아올 칼을 던지고 만 것입니다.

자연드림 에서 회원들에게
매달 해양심층수 1000㎖
12통을 준다.
그동안 생수 걱정없이
이물을 사용하였는데···

후쿠시마 핵폐수를
바다에 방류한다니
앞으로 이 물을 먹어도 될지
걱정이다.

버리겠다는 놈들이나
그게 괜찮다는 놈들이나

그놈들은 도대체
무슨 생각으로 살아가는지
슬프다····

2023. 8. 12.

23

목단 자수보자기

옛사람들의 아름다움에 대한 안목은
지금 보아도 놀랍습니다.
자유분방하면서도 균형 잡힌
목단과 나비의 배치가 절묘합니다.

그리는 동안 수놓은 여인의 마음이 되어
콧노래가 절로 나왔습니다.

남편 기일
광주 가는 길에 들른
전남도립미술관에서 본
목단 자수 보자기

디자인도 세련되고
색실로 형형색색
아름답게 수 놓아
한동안 그 앞을
떠나지 못했다.

2023. 8. 22.

철마 옥수수

제철이라는 단어가 무색하게
사시사철 과일과 채소를 살 수 있는 시대입니다.
아무리 그래도 땅속에 뿌리박고 제대로 자란
제철 먹거리의 맛을 따라올 수는 없습니다.

옥수수는 철마 옥수수가 최고라고 하네요.^^
요즘 일부러 철마를 지나다니며 열심히 사 먹고 있습니다.

오늘 아침 철마에서 산 옥수수

자연에서 나는 것은 철이 있어
때를 놓치면 먹을 수가 없다.
옥수수도 마찬가지
자주 가던 곳은 이미
문을 닫아서
건너편 집에가서
산 옥수수
찰지다!

2023. 8. 23.

공짜가 어딨냐

"우리 삶에서 정말 소중한 것은 다 공짜다.
나무열매도 산나물도 아침의 신선한 공기도
눈부신 태양도 샘물도 아름다운 자연풍광도
인간에게 없어서는 안될 것은 다 공짜다."

박노해의 '다른길' 중

세상에 공짜가 어디있냐고 말해온 나를 돌아본다.
2023. 11. 28.

소나무

거친 가지를 보고
그리기 시작했는데...
지구력이 부족한 나를 본다.

소나무를 그리며 힘들어하는 나.
경주 'page 9'에서

2023. 9. 2.

선인장 군락

골목길 화단
거대한 선인장 군락이 장관이다.
그 사이에 눈에 띄는 자주색
꽃도 아닌 것이 눈길을 끈다.
몇 년을 키웠을까.
주인장의 뚝심이 부럽다.

2023. 10. 12.

예쁜 손가방

사랑많은 이정숙 선생님.
해드린 것도 없는데
고맙다며 예쁜 손가방을 주셨다.

선생님의 마음씨 만큼 고운
소녀가 있는, 천조각을 이어붙인
아이디어 풍부한 손가방!!

뭐든 늘 나누고 싶어하는
선생님의 마음 기억하며
오래오래 함께 할게요 ~.~~.

수고의 시간을 생각하며
감사하다.

2023. 10. 28.

우연을 즐기다

온배움터 '추수고맙제'로
함양가는 길.
네비 안켜고 호기롭게 가다가
갑자기 만난 갈림길 ㅠㅠ.
당황하여 급히
김해금관가야휴게소로 들어왔다.
'예상치 못한 상황을 맞닥뜨렸을 때
힘들어하지말고 즐겨라!'
내 생활신조.

덕분에
낙동강을 바라보며
가을햇살 받으며
아메리카노와 커피빈을 즐겼다.
좋구면!!

2023. 10. 21.

우연을 즐기다.

부끄러움

'시대예보'을 쓴 송길영 작가가 '10년전 자신이 쓴 글을 보고
부끄럽지 않다면 발전이 없었다는 증거'라고 했다.

솔직히 나는 8년전 펴낸 '꽃피는 그림책'이 많이 부끄러웠다.
(물론 나의 기록이라는 면으로는 정말 뿌듯하지만)

그런데 송길영 작가 덕분에
달리 생각하게 되었다.
이 부끄러움은 적어도
성장했다는 증거니까.

죽을때까지 부끄러울 수 있길...
땡큐 송길영~~~

2023. 11. 25.

예쁜 걸 어쩌겠어

한켤레는
이미 신었음

견물생심
결국 샀다.
이번 추석에 받은 양말이 4개나 되는데...
양말통에 양말이 차고 넘치는데...
지난 '지구영화제'를 보고
꼭 필요한 물건이 아니면
구입을 안하리라
다짐하였는데...

갈등하다
3켤레 만원이라는 말에 혹해서
결국 사고 말았다.

2023. 10. 23.

맛있다! 사과

맛있다!!
함양 갔을 때
강숙진 샘이
한아름 챙겨준 사과
감사한 마음으로
하루 한개씩!

2023. 11. 5

100% 사과잼

어제 카페에서
먹다 남은 빵

5분 후

헉! 아무리 용을 써도 안열린다.
강숙진샘이 준 100% 순수 사과잼
어제 저녁 냉장고에서
꺼내 두었는데... ㅠㅠ

좀더 힘써 보아야겠다.

2023. 12. 1.

노전암

책읽는 선생님들과
행복한 여행

내원사 노전암 대웅전 앞
2023. 11. 26.

동행

아무리 힘든 길이라도

함께하는 동지가 있다면 외롭지 않겠지요.

옆에 있는 것만으로도 든든한 사람

서로에게 그런 사람이기를 바랍니다.

차연관샘과 임향열샘

2023. 11. 27.

신아의 선물

10년 전 쯤이다.

남자친구 있음 이거 사달라고 할텐데
왜? 꼭 남자친구가 사줘야 해?
내가 사줄게
ㅎㅎ 농담이야. 사지마. 너무비싸

신아의 선물

말려도 기어이 사준 예쁜 백자컵
아까워서 못쓰고 침대옆 책장에
고이 모셔두고 있다 (장식용쓰)

컵 뒷면의 그림

결혼 전 야학교사로 만나 일 년에 한두번
소식 물으며 지내다가
신아의 정년퇴직 후 이래저래 자주
만나고 있다.

오랜 인연은 언제 만나도 어제 헤어진듯
편하다.

2023. 11. 23.

부주의 or 나이듦

지난 일을 물건 들고 넘어져서
턱이 가지색이 되더니
어제는 부침개 준비하다
손을 다쳤다.

여전의 내가 아니다.

조심 또 조심
이 한 몸 보전하는데
최선을 다해야겠다.
2023. 11. 27.

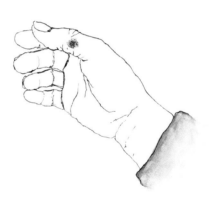

다시 옷장 속으로

이런저런 이유로 미련을 못 버리고
옷장 가득 옷을 끼고 삽니다.
정든 옷은 꼭 자식 같습니다.
결국 떠나보내야 한다는 걸 알면서도
쉽게 마음 비우기 힘들지요.
옷 정리를 할 때마다 고민하다가
이 핑계 저 핑계를 대며
다시 그 자리에 걸어두게 됩니다.
그 모두가 '그때 그 시절'을 생각나게 하는
추억의 한 조각이니까요.

한올 (어린이집) 있을 때
아이들 엄마들과 백화점 놀러가서 산 옷

족히 2년은 되어 가는데
아직 못 버리고 옷장에 걸어둔 건
그때의 추억 때문이지.

음····
이번 겨울에 한번 입어볼까ㅆ.

2023. 12. 2.

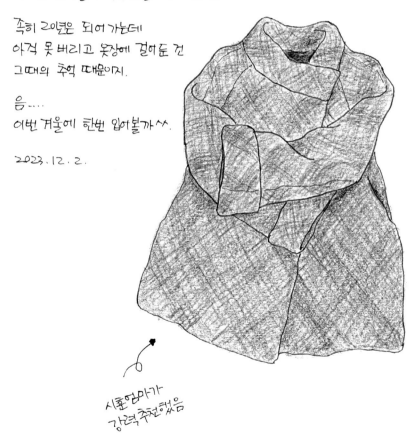

시훈엄마가
강력 추천했음

43

서울의 봄

나쁜 놈도, 힘쓰는 놈도 싫지만
어찌해서라도 살아보려고
여기 붙었다 저기 붙었다 헤헤거리는 인간이 더 싫습니다.
그런데 이 세상에는 그런 기회주의자들이
어찌 그리 많은 걸까요.
그리곤 그 인간들은 살아생전 한자리씩 차지하고
영화를 누립니다.
자신으로 인해 고통받는 사람들은 안중에도 없지요.
그런 거짓 삶이 진정으로 행복할 수 없다는 건 잘 알지만
그래도 울화통이 터집니다.

'서울의 봄'을 보고 나오면서 마음속으로 외쳤습니다.
'나쁜 놈도 싫지만, 비겁한 놈들이 더 싫어!!'

영화 '서울의 봄'을 보고나니
매우 우울하고 배도 고팠다.
44년전 일... 벌써 44년이 지났구나...

강직했던 사람들과 그 가족들의
처참한 삶이 애달프다.

그래도 그들이 있어주어 참고맙다.
역사 앞에는 언제나 그런 사람들이 있다.
자신의 신념에 당당한 사람
정의와 공의에 몸을 바치는 사람.

지금 이시간, 강직한 그들은 누구일까?
나는 그들의 편인가.
그들의 아픔을 알아주고 위로하고
있는가.
그들의 억울함은
언제쯤 백일하에 드러나서
위로를, 치유를 받게될까.

2023. 12. 3.

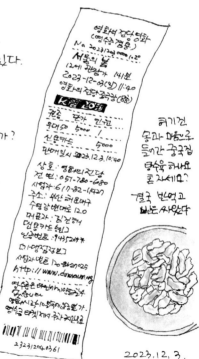

휘기전
몽과 마음으로
들어간 콩국집
콩수육 하나요
흰 주세요!

결국 번역고
배도 사았다

2023. 12. 3.

오늘도 한 발

서둔다고 빨리 배워지건 않지
일상을 통해 배운 것이 그것이지.
매일 조금씩…
한결 같을 때…

문득 아! 하고
탄성을 울리게 되지.

오늘도 한 발을 내딛는다.
2023. 12. 11

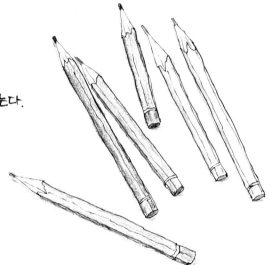

그림은 명상

그림은 명상이다.
빨리 완성하려는 급한 마음도
돋보이고자 하는 헛된 마음도
모두 소용없다.
그저 자신이 가진 그대로를 풀어내는
아름다운 삶의 과정일뿐…

붓 끝에서 한송이씩 피어나는 목련.
2023. 12. 9.

약사의 조언

이 나이가 되면 알게 됩니다.
모든 것은 시간이 지나면 변한다는 것을…

엄청 기뻤던 일도 시들해지고
가슴 아린 슬픔도 무뎌지고
평생 갈 것 같던 아픈 몸이 나아지기도 하고
고통에 적응되어 어지간한 일은 견딜 수 있기도 하고…

그리고는 이렇게 말하지요.
시간이 많은 걸 해결해 준다고…

하지만 그 시간을 어떻게 보내는가에 따라
해결되기도 하고 덧나기도 한답니다.

아프지 않게 잘 자고
아프면 약 잘 먹고.^^

요 며칠간
좀 무리했더니
결국 구내염에 걸렸다
이래저래 자꾸 병원을
들락거리게 된다.
약사가 많이 자는게 좋다고
조언한다.

2023. 12. 11.

신성한 경제학의 시대

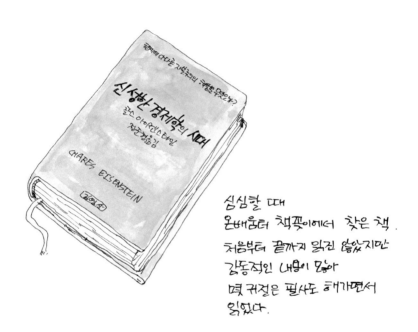

심심할 때
온배움터 책꽂이에서 찾은 책.
처음부터 끝까지 읽진 않았지만
감동적인 내용이 많아
몇 구절은 필사도 해가면서
읽었다.

"돈이 최고의 가치라고 여기는 사회에서
만물에 신성이 깃들어 있다고 여기던
시절로 돌아가자고 말하는 책"

그렇게 될 수는 없겠지만
자본에 절은 우리 사회의 모순을 읽고
자신의 삶에서 신성을 견지하려는 노력은
이 시대에 절실히 필요한 덕목이다.

삶을 닮은 책들

약속이 있어 서면에 갔다가
들른 영광도서에서
충동적으로 책 3권을 샀다.
굳이 필요하지도 않은
책을 산 까닭은
그들이 가는 길이 외롭지 않기를
바라는 마음에서 일게다.

2023. 12. 14.

쌈채소

살 때는 열심히 출고일자를 살피고는
사고 나서는 바쁘다는 핑계로
냉장고에 방치되어 있는 쌈채소

2023. 12. 14.

작은 크리스마스 트리

내 방에 작은 크리스마스 트리 4개
자년 김계순샘이 3개
올해 임시은샘이 1개추가!

나의 취향 알아봐 준 샘들~~
감사해요. ᴧᴧ

2023. 12. 23.

아들로부터 받은 선물

며칠 전 추운 날, 친구와 겸사겸사 이케아에 갔습니다.
실내라도 한 바퀴 돌면 건강에 좋을 것이라 기대하고요.

그러다 작은 책상과 의자 앞에 발을 멈췄습니다.
그리곤 바로 아들에게 사진 찍어 보내고 문자를 했습니다.

아들~~~ 크리스마스 선물로 이거 사 줘.
(인터넷 주문은 무조건 아들에게 연락합니다.^^)
집이 좁은데 어디에 놓으시려고요?
네 아버지 쓰던 의자* 버리고 그 자리에 놓으면 돼.
아~~ 네 그러면 바로 주문할게요.

요즘은 자주 이 책상에서 작업을 합니다.
카페에 가는 횟수가 확 줄었습니다.^^

* 의자는 자리를 바꾸어 아직 방 한 칸을 차지하고 있습니다.

대나무로 만든 아주 작은 책걸상.

나만을 위한 책상은
생전 처음이다.

크리스마스에 아들로 부터
받은 선물.

여기에 앉아있는 시간이
점점 길어지고 있다.

2023. 12. 24.

산소 이장하는 날

아버지 돌아가신 지 31년이 지나고 작년 3월 엄마마저 돌아가셨습니다.
따로 엄마 산소를 만들까 하다가 아버지와 합장을 하기로 했습니다.
멧돼지가 와서 산소 위 잔디를 파헤쳐 놓아 늘 마음에 걸렸기에
이참에 산소 전체를 손보는 것이 좋겠다고 결정한 것입니다.
할아버지 할머니를 합장하고,
그 아랫단에 아버지와 엄마를 함께 모셨습니다.

"한 번도 큰소리 내지 않고 37년을 사이좋게 사셨던 아버지 어머니~~~
긴 세월 헤어져 외롭게 보내신다고 고생하셨어요.
이제 한 곳에 계시니 예전처럼 사이좋게 오래오래 함께하세요."

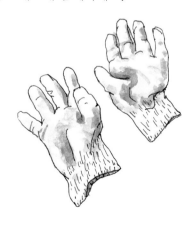

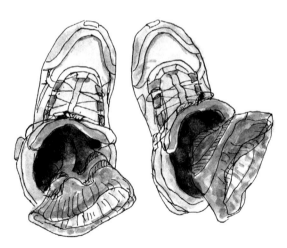

산소 이장하는 날
덥다ㅠㅠ 잠시 양말 벗고 휴식.
2023. 5. 4.

작은 것이 아름답다

책장에서 1.
- 작은것이 아름답다.

너무나 오래 전
'작은 것이 아름답다'를
정기 구독 했는데
바쁘다는 핑계(?)로
읽지못해
쌓여만 갔다.

구독은 해야겠기에
2012년 부터는
멀리 계신 엄마에게
배달이 되게 했다.

두 해 연속 보냈더니
전화를 주셨다.
"네가 아직 안 늙어봐서
모르는 갑다.
이제는 눈이 안보여 못 읽는다.
그만 보내라"

내가 나이 들어보니
엄마의 그말이 이해된다.

2024. 1. 7.

도자기 필통

책장에서 2.

아버지 돌아가신지 3년이 되었는데
내 책장에는 아버지가 남겨주신
도자기 필통이 두개 있다.

아버지가 쓰신 기간은 몇 년 안될텐데
30년 넘는 시간을 나와 함께 한
도자기 필통

볼때마다 아버지 생각.

2024. 1. 8.

손잡고 더불어

책장에서 3.

20대 초
나에게 엄청난 편지를 보냈던
휘중씨
신혼여행을 부산으로 와서
나를 놀래키더니

한참 후
이 멋진 서각을 보내왔다.

이제 부부 모두 고인이 되었는데
이 멋진 서각은
내책장 한칸을 차지하여
나의 젊은 시절을
추억하게 한다.

2024. 1. 8.

남원 부채

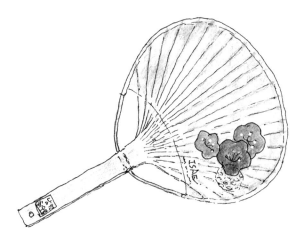

ISAE 에서는
가끔 멋진 사은품을 준다.

고수가 만든 최고의 작품을
보는 것은 기쁨이다.

아까워서 사용하지 못하고
고이 간직하고 있는 부채
2024. 1. 8.

이별 선물

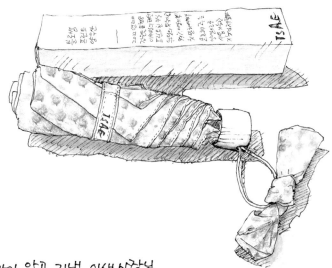

20년 가까이 알고 지낸 이새 사장님.
이제 하던 일을 접고 편하게 즐기시겠다고. ^^
사장과 고객의 관계를 넘어 서로의 세월을 지켜 본
막역한 관계였는데…

이별선물로 예쁜 소녀감성 우산을 보내셨다.
잃어버리지 말고 오래오래 귀하게 써야겠다.

2024. 3. 24.

실내용 슬리퍼

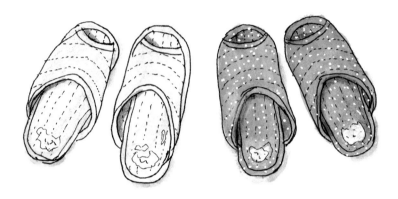

상점 앞을 지나가다 눈에 들어온 실내용 슬리퍼
색깔이 이뻐서 두개나 샀다.
2년여를 열심히 신었더니 발꿈치 부분이 해졌다.
버리기는 아까워서 바느질 실력을 살려 수선해 보아야겠다.

2024. 2. 3.

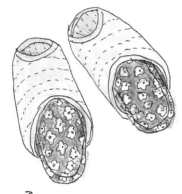

예전에 써다 남은천
색깔이 좀 화려하다^^

치과 다니랴 (발치후 임플란트 ㅠㅠ)
놀러다니랴^^ 시간이 부족하여
한켤레만 우선 수선.
생각보다 많이 해졌지만
그런대로 꽤 잘 마무리 한듯하여
기분이 좋다.

2024. 2. 6.

진하 바닷가에 바람이 분다

쓸모없음이 예술이라고 심수환 선생님이 말씀하십니다.

드라마 〈미스터 션사인〉에 나오는
"나는 아름답고 무용한 것을 좋아하오.
달 별 꽃 바람 웃음 농담 뭐 그런 것들"이라고 한
애신 아가씨의 정혼자가 생각나네요.^^

나는 유용한 것이 얼마나 중요한지 아는 사람입니다.
하지만 무용한 것이 없는 삶은
생각할 수도 없다는 것 또한 너무나 잘 압니다.

오늘도 무용한 것들로 가득 채운 충만한 시간을 보내고
집으로 향합니다.

진하 바닷가에
바람이 분다.
나뭇잎들이 신났다.
풀잎들도 따라 좋단다.

심성라 윤하, 서순성과
같이 논다.
2024. 5월 6일

진하 해수욕장
명선도 가는 길에서 주운
고추 골뱅이 껍질

기린초

살아줘서
기쁜 기린초

작년 30CM 정도 키워서
흐뭇했는데…

겨울에 하루
베란다 창문 닫는 걸 잇어
동사시켜 버렸다ㅠㅠ

혹시나 하는 마음에
뽑지 않고 기다렸더니
옆가지에서
연두잎을 틔웠다.

기특한 녀석!

2024. 5. 31.

사이좋게 지낼 수 있겠지?

7년전 제주도 여행때
용빈이가 사 준 강아지와
올해 상해에서 혜은이가 사 준
고양이가 묘하게 잘 어울린다.

우리 사이좋게 지낼 수 있겠지?
2024. 7. 20.

내 친구 김지숙

퇴직 후 창원에 사는 친구에게 자주 갔습니다.

5년 전 직장 다닐 때 휴가 내어 산티아고 일부를 같이 걸었던 친구인데

다시 가서 남은 길 걷자고 하니 무릎이 아파서 못 걷겠다고 하네요.ㅠㅠ

대신, 시간 많은 나를 창원으로 오라고

언제든 풀코스로 쏘겠다고 했습니다.

정말 자주 갔습니다. 등겨찜질(?)에 영화에 점심은 기본^^

나를 위해 돈과 품과 시간을 아끼지 않았습니다.

덕분에 외롭지 않게 쓸쓸하지 않게 그 시기를 잘 보냈습니다.

내가 어떻게 살아야 할지 암담해하는 순간마다

한걸음에 달려와 '넌 잘 해낼 거야'라며 위로와 격려를 아끼지 않는

내 친구 김지숙입니다.

점심 먹은 식당에서 파는
꽃송이 주방두세미
두개 사서 하나씩 나눴었다.
너무 예뻐서 못쓰고 그림을 긴 적하다가
올해 여름 쓰기 시작했는데
그 사이에 풀이 죽었다.

2024. 8. 2.

둘만 먹으니 기분 좋아?

길쭉이와 포동이와
막대사탕

둘만 먹으니
기분 좋아?

황그림에서
2024. 8. 3.

목욕탕 전구

전기를 아낀다고 목욕탕에 전구를 하나만 끼워서 지냈습니다.
어느 날, 전구를 한 개 더 끼웠더니
내 얼굴에 주름이 갑자기 두 배로 보였습니다.
급 쓸쓸해지면서 나이 들면 왜 눈이 침침해지는지 알 것 같았습니다.
적당히 보고 실망도 적게 하라는 거겠죠.^^
마음의 준비를 아무리 단단히 해도 '나이듦'에는 적응이 쉽지 않습니다.

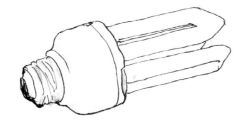

목욕탕 전구 한개로 버텼는데
어두운 것 같아
한개 더 끼웠더니
내 얼굴 주름이
두배로 늘었다.

목욕탕 전구
2024. 8. 7.

72

개수대에서 자란 콩

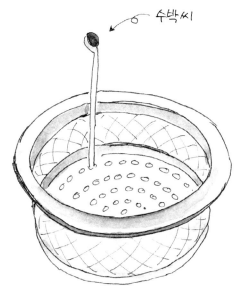

수박씨

콩을 씻다 개수대에
콩 한 알 흘렸나 보다.
하루? 이틀 밥을 거르는 사이
콩나물로 자랐다.

사진을 찍을 때까지
콩찌꺼기인 줄 알았는데
다시 보니 수박씨

혼자서도 힘들었을텐데
애썼다!!

2024. 8. 8.

늘 덕분에*!!*

어디까지가 여기이고
어디부터가 저기인가

너를 보며 생각해
얼마만큼 너의 노력이고
얼마만큼 주변의 도움인지

늘 덕분에!!

부산교육연구소 2016년 달력에 내그림 몇장 들어갔다.
영광이다 !! - 심수환 선생님께 감사ㅆ

춤추는 해바라기

바람이 분다
흔들리는 꽃을
붙여잡고
줄기가 바람을
견뎌낸다.

이 바람이 우릴 더
단단하게 할거야
뿌리에게 속삭이며 ...

바람에 춤추는
해바라기

숲을 걷다

숲 산책

처음에는 심심해서
그 후에는 건강을 생각해서
이제는 고요함과 한적함을 즐기기 위해 숲에 갑니다.

숲 산책은 혼자가 좋습니다.
나무들 사이를 걷는 것은 치유입니다.
새소리를 듣기도 하고
물소리에 귀를 기울이기도 합니다.

봄에는 하루가 다르게 변하는 새싹의 변화가
여름에는 시원한 바람을 머금은 그늘이
가을에는 색색의 단풍이
겨울에는 따뜻한 햇살이
오늘 살아있음을 감사하게 합니다.

태풍 잔해

태풍잔해
2023. 8. 10.

가만히 앉아

바람에 일렁이는

나뭇가지들과 나뭇잎을 바라보는 것은 즐겁습니다.

아니 엄밀히 말하면 바람 부는 것을 좋아하는 것일 수도 있습니다.

바람은 땅에 붙어있는

작은 풀꽃송이들과 이파리들을 흔들어 생명을 불어넣습니다.

세찬 바람은 큰 나무의 가지를 뒤흔들어 떨어뜨리기도 합니다.

일상에 익숙한 우리들의 삶을 돌아보라는 듯

버릴 것 얼른 버리라는 듯

한바탕 정신없이 모든 것을 휩쓸고는 사라집니다.

그 후, 가라앉아 있던 세상의 모든 먼지는 어디론가 사라지고

청아한 공기로 마음까지 편안해집니다.

더위로 끈적했던 몸도 한 줌 바람으로 살만해집니다.

세찬 바람의 존재가 고마운 걸 보니 이제 한여름인가 봅니다.

칸나

나이 들면 귀엽고 순한 할머니가 되고 싶습니다.
젊었을 때의 치솟는 기상, 의욕, 자부심
그 모두를 다 내려놓고
늘 명랑하고 사려 깊은
상냥하고 따뜻한 할머니가 되고 싶습니다.

깊어가는 가을,
순해지는 칸나를 보며
다시 한번 그래야지 다짐합니다.

칸나의 꽃말은 '행복한 종말'과 '존경'이라고 하네요.

곰내재 산책길 초입에
싱싱하게 문지기 노릇을 하던
멋진 칸나.

가을이 되니
점점 순해진다.

2023. 10. 15.

마른풀의 노래 1

열심히 살았어.
이제 땅으로 돌아갈 시간.
겨울 햇볕이 따스하구나
가기 좋은 계절이다!!

마른 풀의 노래 Ⅰ

도토리 삼형제

"좀 있어요?"
"아뇨. 몇개 없네요 ㅠㅠ."
"그죠... 엊그제 엄청 많이 주워 가던데
남은 게 있으려나."
"그래서 이렇게 안보이는구나.
작년에는 엄청 많았는데"

자주 가는 곰내재 산책길에서
마주친 분들이 아쉬워 한다.
어쩜 때면 도토리 주우러 오시는 세분.
작년에도 뵌 분들이다.

돌아 나오는 길
남아있는 도토리 몇알 주웠다.
동물들의 먹이라는데 ...
동물에게 양보하고 주워가지 말라던데...

못생긴 놈들은 숲속으로 던지고
잘생긴 세 알만 남겼다.
화실 숙제를 위하여 ㅆ.

2023. 10. 15.

겨울산

예전에 저는 겨울산과 겨울나무를 보기가 힘들었습니다.
앙상한 나뭇가지, 푸석한 흙, 뒹구는 마른 잎…
스산한 그 모든 것이 싫었습니다.

정관의 어느카페앞
나무삼형제 의좋게 서있다.
2024. 1. 5.

그런데 언제부터인가 겨울 산에 즐겨 오릅니다.
그 한적함과 고요함이 고맙고
자신을 모두 드러내고 굳건히 선 나무들이 든든합니다.
모든 것을 떨군 알몸(비움)으로도 저렇게 당당한 것은
땅을 딛고 굳건히 살아낸 시간이 있었기에 가능하겠지요.
오늘도 겨울나무 사이를 걸으며
줄지어 서 있는 그들에게 존경의 눈길을 보냅니다.

아파트 화단에 핀 매화

오늘도 또 비가 옵니다.

날씨가 이상합니다.

봄인데 흐린 날과 비 오는 날이 번갈아 이어집니다.

하여 화창한 봄, 화사한 꽃을 보기가 너무 힘드네요.

오는 비에 속절없이 지는 꽃들을 보니 속이 탑니다.

어쩌나… 일 년에 한 번 오는 시절이 이렇게 궂으니…

벚꽃도 개나리도 오는 비에 떨어져 내립니다.

애타는 마음에 눈길을 한 번 더 보냅니다.

아파트 화단에 핀 매화
변덕스런 날씨에 풀이 죽었다.
2024. 2. 15.

우수

어젯밤에 비가 많이 왔나 봅니다.
돌 틈을 따라 흐르는 물소리가
시끄러운 걸 보니
벌써 봄이 오고 있음을 알겠습니다.
병산저수지 옆 산의 색도 연한 연두를 품었습니다.
잠시 꽃샘추위가 오겠지만
계절의 변화를 막을 수는 없지요.
3월을 코앞에 둔 오늘은 우수
봄이 성큼 다가왔음을 느낍니다.

2024.
2.19.

이게 봄이지!

나는 봄을 좋아합니다.
새끼손톱만 한 새순이 하루하루 커가는 것을 보는 것도
옅은 연두에서 진연두로 짙어지는 색의 변화를 보는 것도 기쁨입니다.
나무가 생기를 얻으면서
새잎들로 산이 빵처럼 부풀어 오르는 것이 눈에 보입니다.

내 생태명*은 봄바람. ^^
쌓인 눈도 녹인다는 그 봄바람입니다.
추위에 웅크린 사람들의 마음까지 녹일 수 있기를…
내가 지나간 곳에는 새싹이 파릇파릇 돋기를…

나의 작은 바램이 담긴 생태명입니다.
봄바람~~~

* 생태명은 인간도 자연의 일부이기에 지구환경을 생각하자는 의미로
  부산온배움터에서 쓰는 예명입니다.

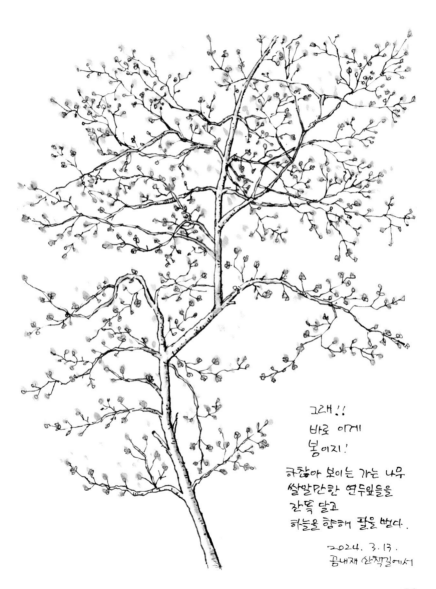

그래!!
바로 이게
봄이지!

하창아 보이는 가는 나무
쌀알만한 연두잎들을
잔뜩 달고
하늘을 향해 팔을 뻗다.

2024. 3. 13.
곰내재 산책길에서

93

부산온배움터에서
배우고 즐기다

부산온배움터

2022년 6월을 끝으로 길고 긴 나의 직장생활이 끝났습니다.
집에서 쉬는 것이 더 힘든(^^) 나는
앞으로 무슨 일을 하며 유의미한 시간을 보낼까 고민이었습니다.
그런데 심심할 겨를도 없이 (사실 심심할까 봐 급히)
퇴직 다음 달인 7월부터
'신중년사회공헌사업'을 통해
부산온배움터에서 활동하게 되었습니다.
덕분에 생태적 삶도 배우고, 내가 알고 있는 것도 나누는
기쁨의 시간을 보내고 있습니다.

손수건 보자기

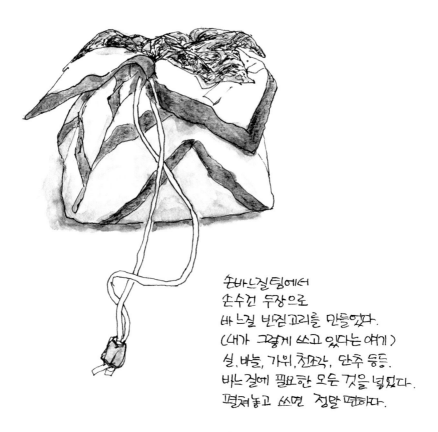

손바느질팀에서
손수건 무장으로
바느질 반짇고리를 만들었다.
(내가 그렇게 쓰고 있다는 얘기)
실, 바늘, 가위, 천조각, 단추 등등.
바느질에 필요한 모든 것을 넣었다.
펼쳐놓고 쓰면 정말 편하다.

손바느질팀 달기 강좌에서 만든
손수건 보자기.
2023. 6. 29.

연둣빛 작은 손가방

부산 온배움터에는
한복의 대가
손완옥 선생님이 계신다.

텀블러 주머니를 선물로 주셨는데
조금 크면 좋겠다 말씀드렸더니
연구실까지 불러서
내가 원하는 크기로
하나 더 만들어주셨다.

연둣빛 작은 손가방
보는 사람마다 탐낸다.

2023. 10. 17.

* 손완옥 선생님
- 연후전통침선연구소 소장
- 부산온배움터 옷살림반 교수.

산야초 수업

월요일마다 신이 납니다.
부산온배움터의 산야초 수업이 있는 날이기 때문입니다.
도시를 벗어나 푸른 하늘 아래 맑은 공기를 마시면서
들과 산에 지천인 나물과 나무에 관해 공부합니다.
뿐만 아니라 영혼 맑은 사람들과 함께
하루를 보내는 것이 참 좋습니다.

마음 통하는 사람들과의 시간은 늘 빛이 납니다.

산야초 수업중
모두들 열심인데
등에 햇살 받으며
놀고 있는 나.

2023. 11. 20.

101

겨울눈

산야초 수업
'차'를 만들려고
나뭇가지를 잘라왔다.
가지들이 벌써
겨울눈을 달고 있다.
기특한 것들!!

2023. 11. 20.

나뭇가지 차

초유로 만든 비누
하늘남이 준 선물

나뭇가지 곱게 썰고 튀어
만든 '가지차'

손목 아프다는 핑계로
수업시간 내내 해바라기만 했는데
나에게도 한병. 감사ㅆ

화실생들과
맛있게 마시고
기념으로
조금 남겨두었다.

2023.11.30.

씨앗 강정

작년
심수환선생님께 선물 했더니
먹어본 중 최고의 맛이라고
찬사를 해 주셨던 씨앗강정.
올해 또 만들다.

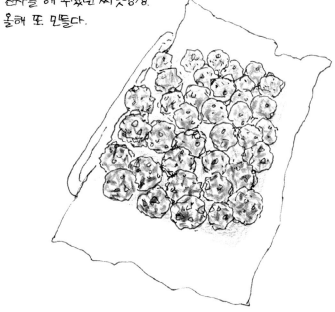

씨앗강정을 마지막으로
2023년 온배움터 산야초반
아쉬운 마음으로 종강하다.

2023. 12. 4.

김장김치

살리 학숙 청년들의
첫 김장김치 !!

부산온배움터에는 청년들이 모여 산다.
같이 밴드도 하고 합창도 하고 놀러다니고...
밥해 먹는건 기본이니 함께 김장을 했단다.
(기특쓰. 상상만 해도 즐겁다)

양이 좀 많다며 나에게도 한 쪽.
한살림 재료로만 했다며 뿌듯해 하는
해봄의 얼굴을 보니 맑은 기분.
얼른 먹어봐야겠다.

2023. 11. 28.

● 살리건물 4층에는 매실 해봄 뺌밥 강물 너머 5명이 살고 있었는데 최근에 푸리까지 들어와
6명의 청년들이 같이 산다고 하네요. 그 중 매실과 해봄은 온배움터의 든든한 기둥입니다.

초록빛 캐비넷

매력적인
초록빛 캐비넷에는
무엇이 들어 있을까?

부산온배움터와 기후환경네트워크가
함께 쓰는 사무실의 캐비넷.

2023. 12. 1

꼬마 빗자루 삼형제

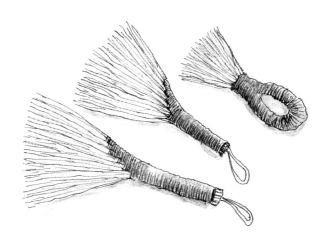

온배움터 실무회의 시간
여정호샘이 손으로 계속
뭔가를 만든다.

두가지를 동시에
아무렇지도 않게 해내는 샘이
신기하다.

회의시간에 태어난
책상용 꼬마 빗자루 삼형제

2023. 12. 12.

토종벼

온배움터 2층 교육장에 전시되어있는 토종벼들
작년까지 진행한 토종벼농사모임 '오손도손'에서 수확한 것들이라고.
손으로 농사짓고 토박이 씨앗을 살리는 마음이 바로
온배움터 마음이라나 ㅆ

2022. 12. 13.

이 달의 시

이달의 살리는 시

거울산책
박노해

아직, 땅 밑이더 타안 기나요?
움 겨운 건 사람들의 기슴 때문에

근데 왜 이까를 우리라는 거까
자기만에서 벗어날 남 니었는데

그럼 왜 눈을 꼬목 감아?
믿지 않고 서로 온기를 나누네야

거울엔 왜 별이 반짝반짝이나
깊고 어두울수록 그리워서 온데네

아직 ··· 근데 ··· 래능은이나?
얼음마음 이 녹아 내리나봐 ···
새싹이 돋으려고

그럼 나도 울어도 괜찮음아?
고녕 고녕 그래야 옳이 옳음이 ···
제대로 울고 제대로 웁으애
옳으로 기는 사람이 있지

부산 온배움터 2층 교육실 앞.
'이달의 시'는 늘 가슴을 적신다.
2023. 12. 8.

109

익어가는 된장, 간장

요즘 세상에 된장, 간장, 고추장을 직접 담아 먹다니!
젊은 사람들이 그런 것에 관심이 있을 줄 몰랐습니다.
대학 졸업 후 정년퇴직까지 일을 중심에 두고 살아온 나는
그저 잘 만들어진 것 골라서 사 먹는 것을 당연하게 생각했습니다.

직접 메주 띄우고, 간장 거르고, 조청 만들고, 고추장까지…
이 시대에 전통 먹거리에 대해 진지하게 고민하며
공부하는 젊은이들이 있다는 것이 참 든든합니다.

저도 직접 만든 된장, 간장, 고추장을 먹는 사람이 되었습니다.
함께 했기에 가능한 일이었지요.^^

살리옥상 `살랑`

1월에 장 담고
12월에 장 뜨고
살랑대는 봄바람과
뜨거운 여름햇살 속에
익어가는 된장, 간장.
2023. 12. 19.

혹시 요즘 유행?

일한다고 한창 바쁠 때
아들 용빈이는 양말을 늘 짝짝이로 신고 다녔습니다.
바쁜 엄마가 걷어놓은 양말 더미에서
손에 잡히는 대로 신다 보니 늘 짝이 맞지 않았습니다.

오늘 온배움터 송년 행사에서
오랜만에 짝짝이 양말 신은 아이를 봤습니다.
어찌나 신나게 뛰어다니는지^^
"정말 귀엽다. 양말 찍자."고 부탁하니
자부심 잔뜩 담긴 표정으로 포즈를 취해주었습니다.

그런데 짝짝이 양말이 요즘 유행이라고 하네요.
용빈이가 너무 앞서 유행을 선도했나 봅니다.^^

온배움터
'온밤' 행사에 와서
신나게 놀던
귀여운 친구

짝짝이 양말을
신었길래
포즈를 취해 달라고
부탁했다.

바쁜 엄마 때문에
늘 양말을 짝짝이로 신던
아들 용빈이 생각이 났다.

2023. 12. 22.

짝짝이 양말

모델은 덕계마을 희진이

나의 쉼터, 카페

내가 좋아하는 곳, 카페

혼자인 시간은 심심하고 외롭기도 하지만 생산적이기도 합니다.
정말 심심해서 할 일이 없을 때 비로소 해야 할 일을 하게 되지요.

요즘 시간이 빌 때면 카페를 찾아 드로잉북을 꺼냅니다.
이제는 혼자 있는 시간이 외롭지 않습니다.
약속 없이 카페에 앉아 햇살 받으며 멍때리고,
눈감고 부는 바람 만끽하고,
그래도 시간 남으면 책 읽고, 심심하면 그림 그리고,
가끔 바느질도 합니다.
그 모든 시간이 기쁨으로 채워집니다.

커피 한 잔이면 번잡한 생각을 내려놓고 편안하게
혼자 긴 시간을 보낼 수 있는 곳,
그 시간을 통해 오롯이 자신을 키워 갈 수 있는 곳,
내가 좋아하는 곳, 카페입니다.

카페 한쪽에 자리잡은
시원한 `드리세나 마지나타'

심플하고 도회적인
나무와 화분

잘 어울리는 것을 보는 것은
언제나 기분좋은 일이다.

경주 문무대왕릉 가는길
더위 피해 들른 카페에서

2023. 8. 7.

117

떨어지는 빗물

날이 흐려지더니
갑자기 장대비가 내린다.
카페 창문밖 어닝 (차양막)에서
빗물이 쉴새없이 떨어진다.

예전 비를 피해 처마밑에 앉아
떨어지던 낙숫물을 보던 생각이 난다.
시대에 따라
감상에 젖는 장소도 달라진다.

'풍경'에서

2023. 8. 24.

풍경 의자

연일 체감 온도
35도를 웃도는 날씨ㅠㅠ
더위를 피해
자주가는 무인카페의
의자.

2023. 8. 3.

투명한 가을 햇살

풍경에서
2023. 10. 20.

해가 저물어 갑니다.
'풍경' 입구에 나란히 선 화분들이 지는 햇살을 받아 빛납니다.
작은 화분에 의지하여 긴 줄기 위에 하늘하늘 여린 꽃들을 피워 내다니
신기하고도 기특합니다.

사이좋게 나란히

'풍경' 임구
2023. 10.29.

커피생각 사장님 최고!!

비싼 놋그릇

배고픈 저녁 ㅠㅠ
미숫가루 한 잔 사겠더니...
남산동 '커피생각' 사장님
최고.!!
2023. 10. 20.

커피생각 사장님은 인심이 후하다.
저녁 대신이라는 말에
오늘도 한상 차려 주셨다.
늘 그렇다.

2023. 10. 26.

우정의 시간

'커피생각'에서 최정임 선생님과 커피 한잔

내가 맡은 펜드로잉 수업에
'심수환 화실'에 같이 다니는 최정임 선생님을 초대했습니다.

어린이집 교사였던 선생님은 예쁜 들꽃과
뛰노는 어린아이들을 그린 그림이 많습니다.

오늘, 자신이 그린 작은 그림책을 한 아름 들고 와서
그림공부 시작하는 후배들의 견문을 넓혀주셨습니다.

과일이 빠지면
'커피생각'이
아니지!!

'커피생각'에서
아메리카노와
카페라떼로
우정의 시간을 보내다.

2023. 12. 6.

카페의 밤하늘

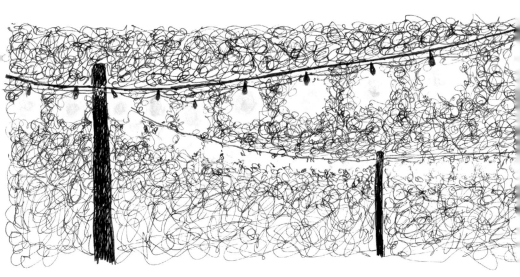

2023. 11. 7

햇빛 쨍한 날

정관JM 2층 공간에서
그림그리다 2023.10.30.

시간의 질

마음 맞는 사람과의 대화는 나를 성장시킵니다.
힘들 때는 위로받고 또 위로하면서
고민과 삶의 지혜를 나누기도 합니다.

매번 느끼는 일이지만,
마주 앉은 사람이 누구인가에 따라서
시간의 질이 달라집니다.

예쁜 의자 !
멋진 사람들이 앉아
도란도란
속 깊은 얘기들
나누었으면 ....
2023. 11. 4.

관계의 최고 형태

칼릴 지브란
젊었을 때, 누구나 그랬듯이 그의 시를 좋아했습니다.
그래도 '사원의 기둥처럼 서로 떨어져 있으라.'는 그의 말이
머리로는 이해되었으나 가슴으로는 이해되지 않았습니다.
세월 지나고 나이 들면서
우리 삶은 누구도 아닌 바로 자신을 성장시키는 과정이며
결국 그 누구와도 한 걸음 떨어져 있을 수밖에 없음을
저절로 알게 되었지요.

거기에 더해 저는
관계의 최고 형태는 '한 방향을 바라보는 것'이라고 생각합니다.
신념, 가치, 아름다움에 대한 일치 등등을 함께 나눌 사람이 없다면
인생은 얼마나 쓸쓸하고 외로울까요.

이 시간, 선한 길을 가고자 하는 모든 이들에게 감사합니다.
당신들이 있어 나도 씩씩하게 살아갈 수 있음을 압니다.

• 관계의 최고 형태•

사원의 기둥처럼 서로 떨어져있으면서 함께 한 방향을 바라보는 것
마치 현악기의 줄들이 하나의 음악을 울릴지 라도 서로 혼자이듯이

칼릴 지브란의 시에서 인용

2023. 11. 6.

풍경 떡국

날이 차지자
무인카페 '풍경' 메뉴에
떡국이 첨가되었다.
좋은 재료에 솜씨 좋은 사장님의
정성이 더해져 정말 맛있다.

오늘도 땀 흘리며 한그릇 뚝딱
≡≡ 입가심으로 '아.아'

2023. 11. 30.

해바리기 하는 꽃

꽃보다 더
아름다운 것이 있을까.

홀린 듯
푼을 들이댄다.

화단 박으로 몸을 내밀고
해바라기하고 있는 꽃

2023년 12월 11일
'풍경'에서 찍다.

기분 좋은 날

폭염을 피해
자주 들르는
무인 카페 '풍경'에서
아이스커피 한잔 놓고
책을 읽다.

하늘 향해 두팔 벌려

하늘 향해
두팔 벌려
5월의 봄햇살을
맏끼하다.

'풀꽃'에서 2024.5.20.

신혜련, 윤미애 선생님

30년 전쯤 한울장애어린이집에서 함께 근무했던
신혜련, 윤미애 두 분은 뒤늦게 학교 교사로 발령받아서 갔지만
아직 소식을 전하고 삽니다.
박은선 채귀자 장소영 주지언 허진미…
그 시절 한울에 근무했던 교사들 모두 정말 대책없이 열악한 상황에서도
한마음으로 아이들을 위해 고군분투했습니다.

신혜련 윤미애 박은선 세 분은 지금도 가끔 만나 근황을 나누며
행복하고 사랑스럽게 그 시절을 추억한답니다.

꽃을 잘 가꾸는 사람을 보면
부럽다.
지난 여름 윤미애샘, 신혜련샘과
들른 카페에서 찍은
앙증맞고 귀엽고 사랑스러운
샤스타 데이지

2023년 4월 9일
금정산성 '아이리' 에서

잘 익은 앵두

햇빛 좋은 오후
이덕순 선과
앵두나무 아래에서
커피 한 잔.

쳐다보니 가지마다 주렁주렁
잘 익은 앵두 !

고마운 카페 사장님이
마음껏 따먹으란다.ㅆ
땡큐~~

애쓴 앵두나무에게도
땡큐~~.

카페 뤼그로드에서
2024. 5. 10.

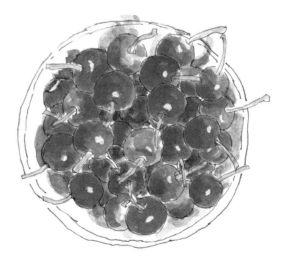

긴 병과 마른 꽃

유리선인장

'허그로 53'은 차도 맛있지만
볼거리가 많은 카페입니다.
다양한 작품을 둘러본 후 차를 마시면
눈과 입이 모두 즐겁습니다.

유리선인장이
빨간 꽃을 머리에
이고 있다.

허그로53에서
2024. 8. 6.

즐거운 월요일

차 한 잔 하면서
이렇게 근사한 작품들을
볼 수 있다니!

즐거운 월요일 ㅆ

2024. 8.

오늘도 어김없이

일정없는 아침
오늘도 어김없이
JM 정관에서
차 한잔으로
하루를 연다.

2024. 5. 12.

새롭게 피어나다

한 치 앞을 알 수 없는 인생

우리는 미래를 절대 알 수 없다고 하더니 정말 그렇습니다.
퇴직 후 심심해서 카페에서 드로잉 펜을 잡았는데
그 이후 온배움터와 올리브오에서 수업을 하게 되었고
작년 가을부터 내 삶은 엄청나게 변했습니다.
지금은 심심할 틈 없이 한 주가 빠르게 흘러갑니다.
그림수업을 통해 젊은 사람들을 만나게 되었고
내가 아는 것을 나누기도 하지만
나 또한 그 시간을 통해 생기를 얻고 있습니다.

12년 전 수채화를 시작할 때, 그 결정이
정년 후의 내 삶을 바꿀 것이라고 조금도 생각하지 않았습니다.
그저 내 생에 아쉬움을 남겨두고 싶지 않았을 뿐이죠.
하지만 지금 하루하루를 소중하게 채울 수 있도록 한 것은
그때부터 시간을 비워 새로운 배움으로 나를 채운 때문이 아닐까요.

2023. 11. 20.

나의 최애 카페가 된 '올리브오'
그림모임도 하면서
연이어 '작은 그림 전시회'도 열고 있다.

그림수업 시작

작년부터 카페 '올리브오'에서 펜과 색연필을 이용한
그림수업을 시작했습니다.
그 후 그림을 그리고 싶어 하는 사람들이
의외로 많다는 것을 확인합니다.

큰 작품이 아니라 자신의 주변,
소소한 일상을 그려보고 싶어 하는 사람들이 모여
머리를 맞대고 서로를 칭찬하며
작은 기쁨의 시간들을 차곡차곡 쌓아갑니다.
생의 한 조각을 함께 하면서
서로에게 참 고마운 사람들이 되어갑니다.

올리브오는 올리브+5 의 합성어
올리브는 alive
5는 물빛 바람 흙 씨앗이라고

이 5 가지가 있으면 모두 함께 살아갈수 있다.
그렇게 깊은 뜻이! 감동이다!

12월의 꽃
화려한 포인세티아

2023. 12. 4.

귤과 히말라야아시다 솔방울

꼭 꽃같이 생긴
히말라야 아시다
솔방울

산야초반 종강 후 헤어지기 아쉽다며 시작한 펜드로잉 수업
4회를 마치고 요청한 보강시간 (너무 열공하신다 ㅆ)
하늘샘이 가지고 온 귤과 히말라야 아시다 솔방울
2023. 12. 29.

함께 살아봐도 괜찮아

걱정마.
함께 살아봐도
괜찮아

2023. 12. 15
올리브오

자세히 보아야 예쁘다

자세히 보아야 예쁘고
오래 보아야 사랑스럽다.
맞는 말이다.

청다래 덩쿨

청다래 덩쿨로 만든
멋진 장식.

2024. 1. 6.

그리기 힘들어

크로키아
단단한 가지에
작은 잎들을 달고 서있다.
자라기도 힘들었겠지만
그리기도 만만찮다.

올리브오 에서
2024. 5. 4.

올리브오의 풍경

올리브오의 드립커피와 과자.
2024. 5. 7.

모이면 빛난다

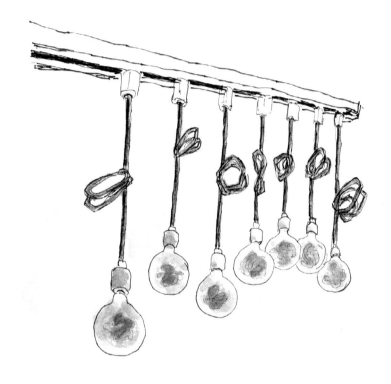

올리브오를 밝히는
매력적인 불빛

2024. 5. 9.

다양한 커피용품

다양한
커피용품
오순도순
사이좋게
한지붕 아래
아웅하고
있다.

올리브오에서
2024. 5. 4.

155

자신의 모습대로

유리창을 사이에두고
너는 밖에서
나는 안에서
자신의 모습대로
아름다움을
키워간다.

올리브Ŷ
2024. 5. 31.

비록 눈에 안띄지만

비록 눈에 안띄지만
어디든
흙만 있으면
자랄수 있단다.

네가 문을 향해
계단을 오를 때
내가 여기서
먼저 반기고 있음을
알아 줘.

올리브오
2024. 6. 1.

157

마른 풀의 노래 2

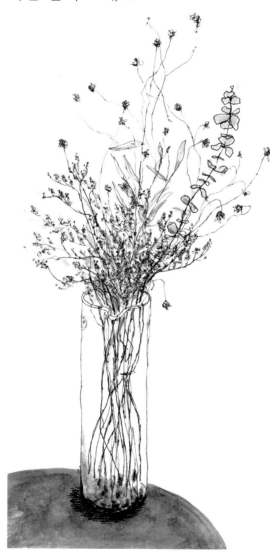

생명이 다했다고
버리지 않았더니 ···
또다른 선물이다.

마른 풀의 노래
2024 5. 28.

158

봄날

아름다운 색으로
충만해지는 봄날
2024. 4. 4.

첫 번째 전시회

시작한 지 5개월 만에 올리브오 그림팀 5명이
첫 번째 전시회를 하였습니다.
모두 자신의 실력이 부족하다고 손사래를 쳤지만
저의 강압적인︿︿ 요구에 용기를 내어 대여섯 점씩 준비하였습니다.

종이 액자에 넣어 흰 벽에 붙이니
그 어떤 전시회보다 근사해 보였습니다.
이제 올리브오는 작은 그림전시장이 되었습니다.

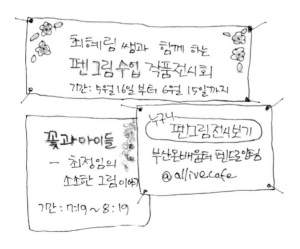

올리브오의 정원원
2024. 5. 9.

161

초록초록 올리브오
2024. 7. 3.

초록초록 올리브오

카페 올리브오의 올리브 샘은
작은 그림에도 크게 감동합니다.
그 감동에 힘입어 뭐든 자꾸만
그리고 싶어집니다.
카페 안 풍경을 많이 그린 건
50% 올리브 샘 덕분입니다.
나머지 50%는 당연히
카페가 엄청나게 예쁘기 때문이지요.

화사한 꽃의
화대

수박 주스

카페 '허그로 53'을 운영하는 미경 샘이
100% 수박 주스를 만들기 위해
수박씨를 빼는 게 엄청 힘들다고 하십니다.

내가 마시는 맛있는 음료 한 잔도
거저 만들어지는 것이 아님을 알겠습니다.

진정어린 것은 무엇이든 수고로움을 동반합니다.
편리함이 판을 치는 요즘에
그 수고로움을 마다 않는 분을 만나면
참 고맙습니다.

이번 여름에는
수업과 작품 전시를 이유로
올리브오에 자주 간다.
모두들 올리브오의 커피맛이
최고라고 칭찬하지만
나에게진 '100% 수박쥬스'가
최고다.

올리브오의 100% 수박쥬스
2024. 7. 8.

165

강아지풀은 잡초?

수업을 위해 뽑아온
강아지풀
푸른 화병에 꽂으니
나름 근사하다.

강아지풀은 잡초?
2024. 7. 11.

사랑스러운 한겸이

여름방학.
엄마 따라
펜드로잉 수업에
따라온
한겸이.

자신이 그린
예쁜 그림을
나에게 주었다.

땡큐~~^^.

사랑스러운
한겸이.
2024. 7. 24.

함께 피어나다

저도 가능합니까?

그림을 그리고 싶다고 하는 분들의 첫마디는
자신은 "그림에 문외한이고
선 하나도 제대로 그어 본 적이 없는데 가능하냐" 입니다.
괜찮다고, 시작해서 하다 보면 그릴 수 있게 된다고 하면 재능이 없어도
되냐고 반문합니다. 하지만 늘 그림을 그리고 싶었다고.^^
정말 펜과 색연필만 있으면 되냐고 묻습니다.
그림을 그리려면 살 것이 많은 줄 알았다고
그래서 엄두를 못 냈다고
이렇게 쉽게 시작할 수 있는 거냐고.

그렇게 시작해서 지금도 함께하는 분들의 그림을 모았습니다.
매번 느끼지만 꾸준히 공부하는 분들은 하루가 다르게 실력이 늡니다.
아기들이 무럭무럭 커가는 것처럼
여름 땡볕에 곡식들이 익어가는 것처럼
빠른 성장에 매번 깜짝 놀랍니다.

수업이 있는 날이면 뭘 더 전달해 드릴까 고민이 많아집니다.

매화와 철쭉잎과
진달래나뭇가지

봄을 담은 종이컵
2024. 3. 16.

올리브오1 팀

젊었을 때 야학에서 만난 씩씩하고 시원시원한 **성신아** 샘.
이젠 그림수업으로 자주 만납니다.
시원한 성격답게 그림도 스스로 뚝딱 완성합니다.

조영순 샘은 자기는 '그림에는 문외한'이라고
그림수업은 50% 수다를 위한 것이라고 말하십니다.
하지만 자신의 뒷모습 그린 것을 보면 놀랍습니다.

그림 제대로 그려본 적 없었고 미술 숙제를 한 적이 한 번도 없었다는
강동진 샘이 그린 세 딸의 뒷모습입니다. 동진 샘도 좋겠지만
세 딸들이 얼마나 뿌듯해할까 생각하니 나도 기분이 좋아집니다.

국악기는 모두 다루는 만능 재능꾼 **하정희** 샘의 공연 뒷모습입니다.
자태에서 뜨거운 열정으로 살아온 시간이 느껴집니다.
그림에도 역시 예술을 하는 분은 다르다는 평을 듣고 있습니다.

몇 달간 함께 하다 용인으로 이사를 가서 가끔씩 들르는 **양진희** 샘,
혼자(자습으로) 그린 치맛자락이 바닷바람에 살랑거립니다.

올리브 샘이 그림공부를 하자고 졸라서 카페 올리브오에서
펜드로잉수업이 시작되었습니다. 바빠지기도 하고 어깨를 다쳐
요즘은 뜸하지만 남천을 그리고 자신에게 감동하던 모습이 생각납니다.

꾸준히 자신의 실력을 닦아가는 **강덕희** 샘.
편안하지만 심지 있는 내면이 아름다운 분입니다.
자신을 닮은 그림으로 날개를 펼치는 시간이 기대됩니다.

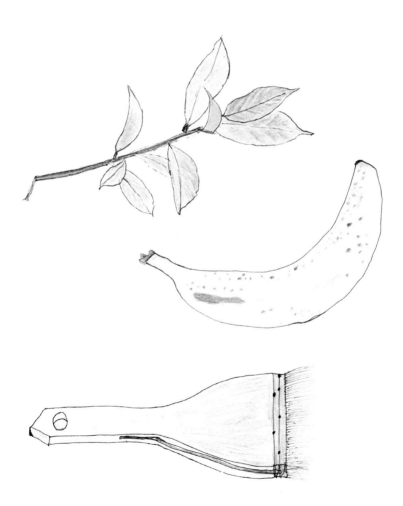

권은주 샘은 새내기. 아무리 바빠도 잠시라도 오시는 정성이 놀랍습니다.
예술을 하는 분답게 KTX급의 속도로 배우고 계십니다.

온배움터 팀

배운정 샘의 그림에 대한 열정은 놀랍습니다.
한 주 동안 그려 온 것에 대해 얘기하다 보면 시간이 금방 갑니다.
경험의 축적이 성장의 지름길이죠.^^

귀여운 막내 **이훈선** 샘.
바쁜 중에도 창의적으로 깜찍하게 그린 그림에서 재능을 엿봅니다.

리더십으로 분위기를 주도하는 활달한 언니 **김정옥** 샘.
어려운 그림에 도전해서 완성도 높게 마무리합니다.

일 때문에 격주로 참여할 수밖에 없지만 제대로 하고 싶은 마음에
최선을 다하는 **하수영** 샘. 번뜩이는 창의성을 모두 부러워합니다.

늦게 참여했지만 배우는 속도가 남다른 **황지영** 샘.
적극적인 성격답게 일취월장 성장해 가고 있습니다.

김미옥 샘은 이제 더 배울 게 없습니다.
다만 함께 그리고 싶은 마음에 발걸음을 재촉하지요.^^

예쁜 딸 한겸이의 입학으로 육아휴직 중인 **전은소** 샘은
역시 젊은 사람은 다르다는 평을 받습니다.
초보 같지 않게 아름답게 표현해서 모두를 놀라게 합니다.

박정희 샘은 가슴 따뜻한 분이십니다. 그림에도 그 따뜻함이 묻어납니다.
캐나다에 있는 손주 그림에 모두 할머니의 마음이 되어 미소 짓습니다.

온배움터 특강팀

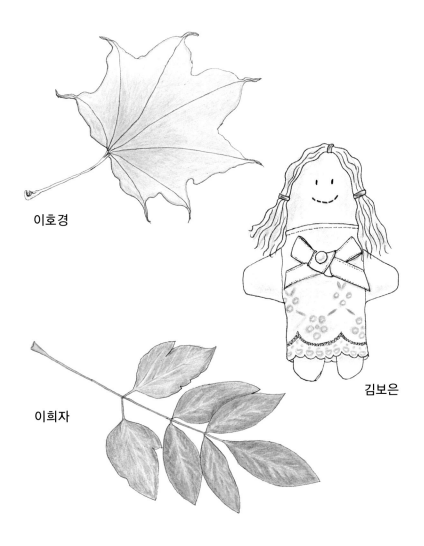

이호경

김보은

이희자

곽미숙

임향열

손완옥

전광언

풍경 팀

선과 색이 고운 **김경숙** 샘. 그림 한 장 완성하고 기뻐하는 모습도 아름답습니다.
편하게 그리면서도 섬세함을 잃지 않습니다.

유화 그린 경력이 있는 **이선희** 샘. 겸손한 마음으로 펜그림을 시작했습니다.
경험에 겸손함이 더해져 멋지게 꽃 피는 중입니다.

대입을 앞둔 딸의 뒷바라지로 바쁘지만 배움을 놓지 않는 학구파 **박선희** 샘.
한결같은 성실함을 이길 재능은 없지요.

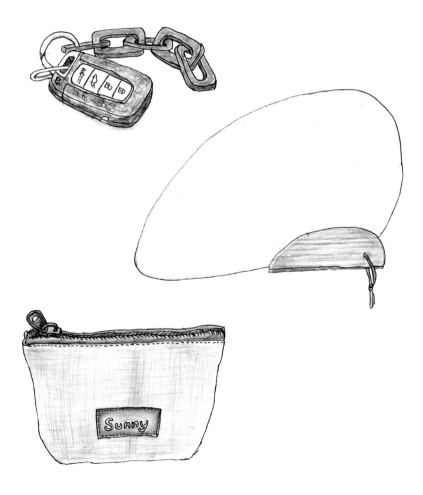

올리브오2 팀

그림에 진심인 **이진선** 샘.
유리로 만든 예쁜 작품에서 색에 대한 감각이 느껴집니다.
그림을 배우겠다고 마음을 내주셔서 오후수업이 생겼어요.^^

흙으로 작품도 하시고 정관에서 카페도 운영하는 **한미경** 샘은
음식에 진심입니다. 카페 허그로의 차가 남다른 이유를 알겠습니다.
마음 씀이 반듯하신 샘이 겸손하게 제 수업에 오시네요.

유리공예 하시는 **정현숙** 샘은 책 읽기에 진심입니다.
자신이 좋아하는 것을 놓치지 않고 삶을 주도적으로 살아가는 모습이
그림에도 나타나겠죠?

영천에서 매주 오시면서 행복에 겨워하시는 **황수경** 샘.
이제 겨우 네 번째인데 제법 잘 그리십니다.
먼 길 마다 않고 오시는 그 열정에 존경의 박수를!!!

양정에서 양산까지~~~ 환한 미소를 머금은 다정한 **이향숙** 샘.
아직 초보 병아리지만 정성을 다하는 손길을 보니
봄날의 새싹처럼 쑥쑥 커나갈 것이 기대됩니다.

정관 팀

이지영 샘은 피아노 선생님입니다. 취미로 피아노를 치다가
선생님을 만나면서 피아노를 친다는 게 뭔지 제대로 배웠어요.
눈이 안 좋아져서 계속 배우지 못해 아쉬웠는데
지금은 그림으로 만나고 있습니다.

해운대에서 정관까지 마다않고 오시는 **이현지** 샘은 마음이 여유롭습니다.
은근하고 꾸준한 성품이 그림에도 나타나니
오랫동안 펜그림과 함께 할 것을 예감합니다.

옛 추억을 담다

추억 한 조각

오래전 그린 그림들을 다시 봅니다.
순식간에 그때의 내가 되어 미소 짓습니다.

그리고 싶다는 생각에 펜을 꺼내 그 자리에서 바로 그린 그림들.
긴장되는 순간을 지나 '내가 단번에 이걸 그렸단 말이지?' 하며
스스로에게 감탄했던 기억이 납니다.
그린 후 신났던 마음과 주변의 풍경과 그 상황까지
지금도 고스란히 머릿속에 그려지는 옛 그림들.

늘 다시 꺼내보고 싶은 순간들을
여기 함께 담았습니다.

볕 좋은 날
장독들 해바라기 한다.
좋다!

2014. 5. 16
꽃피는학교 장독대

오래 함께하니
어디까지가 너인지 나인지
헤어지기 힘든
관계, 우리

2016. 11. 9.

얼음물에
발뿌리를 담그고 있는
연대
2018.
1. 15.

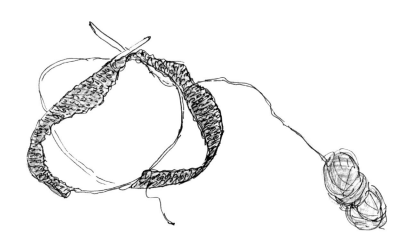

주 24시간 일한지 한달 …
뜨게질을 시작했다.
내가 좀 심심한가 보다.

2017. 7. 30.

돌담 끼 바닥해 환하게비운
아름다운
겨울햇살 2018. 1. 15.

2019년 1월 연휴 때,

서울 스테이하우스에 묵으며 아들과 함께 보냈습니다.

철로 만든 독특한 우산걸이 때문에 이 음식점의 입구가 훤히 생각나는데

아들에게 물으니 기억에 없다고 하네요.

하긴 저도 이 음식점에서 무얼 먹었는지는 기억나지 않습니다.

근사한 한정식을 먹지 않았을까 추측할 뿐입니다.^^

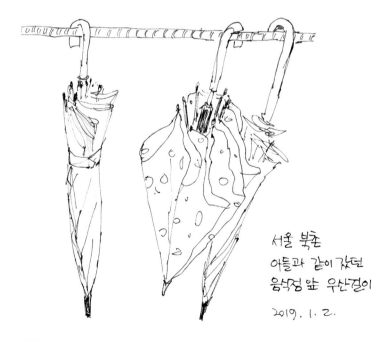

서울 북촌
아들과 같이 갔던
음식점 앞 우산걸이
2019. 1. 2.

내가 좋아하는 박노해 시인이 말했습니다.

물건을 살 때면 3단을 생각하라고.

–단순한 것, 단단한 것, 단아한 것.

작은 백팩을 사고 보니

단순하고 단단하고 단아해서

마음에 쏙 들었습니다.

겨울! 가방든 손이 시리다.
호주머니에 손을 넣기위해
처음 구입한 백팩
출근용

2019. 1. 8.

연잎위로 비가내린다
개굴개굴 개구리소리가
들리는듯 하다 우는

2021. 10. 11
극락암 앞에서

210

꽃은 다 보냈지만
너만으로도 아름답구나.

2021.

낫물은 흘러 흘러 어디로 가나

바다를 향한 첫 몸짓
흘러흘러 바다로 갈 냇물.

2021. 11. 7
석낭사에서

바람이 분다.
신난다!
바람이 데려다 주는 곳으로
어디든 갈거야!

2021. 11. 7
석남사에서

비맞아 겸손히 낭을 보다.

2014. 4. 29

노란 국화 피고
나뭇잎 단풍으로 변하니
올해도 다지나갔구나.

2015. 10. 14.

비 그치고 햇살 가득한 날
유치부 앞 난간의 장화들
아이들 만큼
장화도 귀엽다.

2014. 4. 2

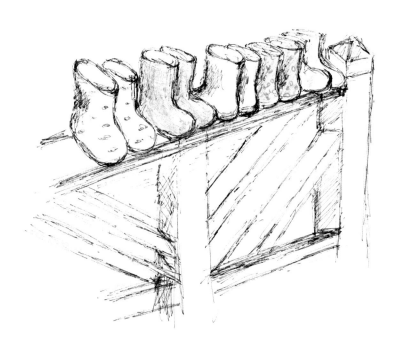

`미요'
이리 저리 뒤척이며
잘도 잔다.

`미요'라고 이름을 지었다.
목욕시키고 사료와 약을 먹이고나니
쌩쌩 잘한다.

목욕시키는 내내 `미워 미워…' 하며
우는 것 같았다.
`미워… 미워..' 라고 하도 울어서
`미요' 라 이름이 정해졌다.

강아지 고양이 별로 좋아하지 않는데
어려서인지 귀엽다.

귀여운 미요   2015. 11. 25

217

모과는 많이 보았지만
모과나무는 처음본다
가지마다 달린 가시가
무슨 소용 있으랴만

자신이 키운 모과를
지키려는 의 면함에
잠시숙연해 진다.

기품이 느껴지는 모과나무
2014. 12. 2.

시원하게
잘생긴
선인장

2015. 2. 9.

과일은 먹을때만
기쁨을 주는 것이 아니라고
담장안 감나무가 나에게 말했네
2014. 12. 20.

220

어릴적 외갓집 동네
가장 변화했던 곳에
이런 집이 있었지.

2014. 12. 20

『꽃피는 그림책』이후 8년이 지나고 또 한 권의 책을 엮습니다. 지난번 책은 꽃피는 학교 아이들 졸업선물에서 시작되었는데, 이번에는 같이 공부하는 분들에게 필요한 교재를 준비하는 데서 출발했습니다. 작게 시작한 것이 시간을 끌다가 여기까지 오게 되었습니다. 인생은 자기가 계획한 대로 되지 않는다는 걸 다시 한번 확인합니다.

지난 2년 동안의 특별한 시간이 없었다면 불가능한 일이었습니다. 흘러가는 시간을 바라보며 앞으로의 삶을 고민했지만, 그려지는 것이 없었기에 그저 하루하루를 꽉 채우려고 노력했습니다. 무얼 하든 무의미한 시간이 되지 않길 기도했습니다. 그리고 이제 두 번째 책이라는 귀한 결실을 맺었습니다.

많은 분들이 내 그림이 예쁘다고 합니다. 아마 세상을 예쁘게 보고 싶어 하는 내 마음이 투영된 게 아닐까 싶습니다.

하지만 세상살이가 녹록지 않다는 건 우리 모두가 알고 있는 사실입니다. 언제나 평균대 위를 걷는 것처럼 긴장의 연속입니다. 쇼펜하우어의 말처럼 고통과 무료함의 사이 그 어딘가에서 자신을 지켜내는 시간의 연속이지요.

고통과 무료함 사이에서 자기를 지켜낸다는 건 깨어 있음이고 부단한 노력이고 새로운 시각이 아닐까 생각합니다.

　　무엇이라고 이름 붙이건 순간순간 행복하고 재미있기를, 더해서 의미 있기를 바라면서 걷는 걸음은 충만합니다. 그 충만함의 결과에 『혜림 쌤의 그림일기』라는 제목을 붙여 세상에 내어놓습니다.

　　책으로 엮고 보니 욕심이 생기네요. 여기 실린 작은 그림들이 불안과 긴장의 시간을 견뎌내면서 살아가는 분들에게 잠시 휴식을 드릴 수 있기를 바랍니다. 또 혼자서 끄적끄적 뭔가를 그리고 싶어 하는 분들에게는 컨닝의 기회를 드릴 수 있었으면 하는 욕심도 부려보며, 이런 제 마음이 여러분들에게 잘 전달되기를 희망합니다.

2024년 유난히 더운 여름 끝자락에서

최희림

혜림 쌤의 **그림일기**

초판 1쇄 2024년 9월 3일 펴냄

지은이 | **최혜림**

펴낸이 | **박윤희**

펴낸곳 | 도서출판 **소요You**

디자인 및 편집 | **박윤희**

등록 | 2013년 11월 12일(제2013-000009호)

주소 | 부산시 중구 대청로137번길 11

전화 | 070-7716-9249

팩스 | 0505-115-5618

전자우편 | pyh5619@naver.com

ISBN 979-11-88886-25-8 03810

값 24,000원